Anna Waffenschmidt

Ein Engel für jeden Tag

Mein Glaube ist der an die Menschen

Meine Liebe gilt den Menschen

*Meine Hoffnung ist
das Gleiche wieder zu bekommen*

Vorwort

Mein Name ist Anna Waffenschmidt. Ich arbeite seit vielen Jahren in der esoterischen Lebensberatung und Heilung. Bestandteil dieser Arbeit ist auch das „Channeln", die Kontaktaufnahme mit den Engeln, das Empfangen und die Weitergabe ihrer Botschaften. Heute möchten die Menschen mehr den je über Engel erfahren. Aus diesem Grund ist dieses kleine Buch entstanden.

Das erste Gedicht „ Schutzengel" ist jedem Einzelnen von Ihnen persönlich gewidmet. Denn jeder hat seinen Schutzengel und sollte auch mit ihm kommunizieren.

Sicherlich ist den Menschen, die sich mit den Engeln befassen oder auseinandersetzen, aufgefallen, daß zum Beispiel Erzengel Raphael von mir dem Mittwoch zugeordnet wurde, und zwar mit der Farbe des Regenbogens. Es ist richtig, daß Raphael für gewöhnlich unter Donnerstag zu finden ist, und ihm die Farbe Grün zugeordnet ist wegen seiner heilenden Energien. Donnerstag ist der Tag des Jupiters. Jupiter sagt Fülle für die Menschen voraus. Wenn man ein Jupiterritual macht, nimmt man zwar gerne die Farbe Grün dazu, würde aber nicht den Erzengel Raphael um Beistand bitten. Man würde vielmehr Erzengel Ariel um seine Gunst bitten, um Fülle und Wohlstand zu erlangen. Hier wurden von mir die Planetensphären und deren Lichtwesen, sprich die Erzengel, die für diese Sphäre zuständig sind, benannt.

Von Herzen
Anna Waffenschmidt

Schutzengel

Was ich dir wünsche jeden Tag,
ist, daß ein Engel dich beschützen mag.

Er möge dich auf all deinen Wegen begleiten,
in guten wie in schlechten Zeiten.

Er möge da sein wenn du traurig bist
dich trösten, wenn du Schutz und Liebe vermißt.

Er möge da sein wenn du lachst und lebst
Er möge dich behüten wenn du schläfst.

Und wenn du aufwachst jeden Tag,
dein Engel dich beschützen mag.

So wünsch ich dir für alle Zeit
einen Engel der bei dir verweilt.

Einleitung

Die zusätzlich einzeln eingefügten Gedichte, liebe Leser,
hielt ich für passend zu dem jeweiligen Engel.

Jedes eingefügte Gedicht, auch wenn nicht immer ein
Engel darin vorkommt, besagt nichts anderes, als daß
es in unserem Leben immer einen neuen Tag, einen
neuen Anfang, ein neues Glück geben wird.

Wir sind nicht alleine, so lange wir unseren Glauben haben,
die Liebe, die wir in uns tragen, und die Hoffnung, daß alles
wieder gut wird, nicht verlieren. So lange wir leben wird es immer
und für jeden von uns einen neuen Weg geben, den wir voller
Glauben, Hoffnung und Liebe beschreiten können.

Unsere Engel sind immer bei uns und helfen uns, diesen Weg zu
gehen. Wir müssen nur auf sie hören.

Ich wünsche Ihnen nun viel Spaß beim Lesen.

Von Herzen
Anna Waffenschmidt

Montag

Lichtwesen der Mondsphäre

Erzengel Gabriel
weiblich

Erzengel Gabriel gibt dir die Stärke
um niederzuschreiben deine Gefühle,
um daraus zu machen gesammelte Werke
Vielleicht gesammelt in einem Buch
Gabriel unterstützt dabei mit jedem Versuch
Auch hilft Gabriel dir dabei, vom alten
in einen neuen Lebensabschnitt zu gehn
um mit klarer Intention den Weg zu sehn
Gabriel hilft dir mit Stärke zu erreichen
eine geistig höhere Entwicklungsstufe
und brauchst du Hilfe, bitte darum,
Gabriel hört deine Rufe!

An einem *Montag* wurdest du geboren
Für Dich zu deinem Schutz
wurde Engel *Gabriel* erkoren.
Die Farbe dieses Tages
ist ein silberweißer Strahl
doch hat der Montag auch noch eine Zahl.
Die Zahl *9* ist es, die dir besagt
daß du hast natürliches Talent und Geschick
welches dir bringen wird
in deinem Leben Glück.
Der Regent des Tages ist der Mond
der besagt, daß tiefes Gefühl dir innewohnt.

Mensch und Mond

Der Mond

Hast du gesehen wie der Mond hell erstrahlt
in der dunklen Nacht?
Siehst du, wie in seinem Licht die Sterne erstrahlen
und er sie majestätisch bewacht

Siehst du wie sein Strahlen
dem Licht der Dämmerung weicht?
Die Dämmerung dann ihre Hand
der Sonne zum Strahlen reicht

Der Sonne, die hell erstrahlt
und ein Lachen
in das Gesicht des Himmels malt

Dienstag

Lichtwesen der Marssphäre

Erzengel Uriel

Uriel bringt dir die wahre Liebe Gottes
wenn du verzweifelt bist
und die Liebe in deinem Leben vermisst
Er führt dich Schritt für Schritt zum Ziel
schenkt dir neue Impulse und Ideen
woraus du machen kannst sehr viel
Suchst du neue Wege im Leben zu gehn
dann bitte Uriel um Inspiration
mit seiner Hilfe schaffst zu das schon.
Zweifel die du hast, bitte Uriel um Hilfe,
wirf die Zweifel einfach über Bord.
Uriel wird kommen und nehmen die Zweifel
mit hinfort.

An einem *Dienstag* wurdest du geboren
zu deinem Schutze man hat den
Engel *Uriel* erkoren.
Die Farbe dieses Tages ist ein tiefes Rot
welche Willen und Kraft erzeugt in der Not.
Die Zahl *5* für diesen Tag man hat benannt
die in dein Leben Veränderungen bringen wird,
immer wieder und allerhand.
Mars ist sein Regent, der Kraft verleiht,
sehr viel, und oft sehr ungehemmt.
Nutze diese Kraft zum Wohle Aller,
um damit kleine Wunder zu vollbringen
und dich somit kannst erfreuen
an des Lebens schönen Dingen.

Wenn du dich einsam und verlassen fühlst

Alleine

Ich friere, mir ist kalt,
fühle mich einsam und alleine
sitze hier ganz still und weine

Ich friere, mir ist kalt,
fühle den Schmerz in mir,
wie er mich innerlich zerfrißt
weil du nicht mehr bei mir bist

Ich friere, mir ist kalt,
ein Gedanke hämmert in meinem Kopf
wo ist sie geblieben die Liebe von dir
die Liebe die du geschworen hast mir

Ich friere, mir ist kalt,
Dunkelheit um mich herum
ich stell mir nur ein Frage,
war ich die ganze Zeit dumm

Ich frag mich,
hab ich denn die Zeichen nicht gesehen
die Zeichen, wollte ich sie nicht verstehen
Du bist einfach von mir gegangen
drum sitze ich nun hier, ganz alleine
friere, mir ist kalt, und ich weine

Mittwoch

Lichtwesen der Merkursphäre

Erzengel Raphael

Raphael ist da um dir deine Ängste
und Sorgen zu nehmen.
Dir Kraft und Zuversicht wann immer
du sie brauchen wirst zu geben.
Er wird dir tragen helfen bei jeder
noch so schweren Last, wie schön,
das du Raphael an deiner Seite hast
Und bist du einmal krank, und schwindet
deine Lebensenergie,
dann bete, daß er dir Heilung schenkt
alles zu deinem Wohle lenkt
denn Raphael um Hilfe gebeten
vergißt dich nie!

An einem *Mittwoch* wurdest du geboren
zu deinem Schutze man dir hat den
Engel *Raphael* erkoren.
Die Farbe des Tages ist der Regenbogen
der sich bei Regen schon so oft
vor die Sonne hat geschoben.
Die Zahl dieses Tages ist die *8*
die ausübt eine unendliche Macht.
Merkur ist sein Regent der besagt,
sich auf höhere Ebenen zu begeben
damit du verstehst den Sinn in deinem Leben.

Wenn du einmal
traurig bist

Die Regenbogenleiter

Die Regenbogenleiter,
trägt mich hoch und immer weiter
bis zum Himmelsfirmament
wo ein kleines Lichtlein brennt

Die Regenbogenleiter,
trägt mich hoch und immer weiter
bis zum Mond und wieder zurück
welch ein Glück

Die Regenbogenleiter,
trägt mich hoch und immer weiter
der Sonne entgegen
nach dem Regen, welch ein Segen

Die Regenbogenleiter,
trägt mich hoch und immer weiter
zu der Sterne Firmament
jeder Stern mir erscheint
als ob eine Kerze am Himmel brennt

Die Regenbogenleiter,
trägt mich hoch und immer weiter
zu meinen Träumen empor
ich bilde mir ein, ich steh vor des Himmels Tor

So träume ich weiter,
von meiner Regenbogenleiter
die mich trägt hoch und wieder zurück
jeden Tag ein kleines Stück
und jeden Tag einen Moment voll Glück

Donnerstag

Lichtwesen der Jupitersphäre

Erzengel Jophiel
weiblich

Jophiel führt dich weg von unnötigen Dingen
die dich in deinem Leben keinen Schritt
weiterbringen.
Jophiel zeigt dir wahre Schönheit
wann immer du diese willst sehen
es reicht schon die Schönheit der Natur
sich in aller Ruhe anzusehen
grüne Wiesen, Täler und Auen
soweit das Auge kann schauen
Jophiel hilft dir zu sein, deines eigenen
Glückes Schmied
Du allein hast den Schlüssel in der Hand
um zu schreiben dein Lebenslied.
Jophiel verhilft dir zu innerem Reichtum
Wissen und Wahrheit.
Wann immer du willst und zu jeder Zeit

An einem *Donnerstag* wurdest du geboren,
zu deinem Schutze man hat
den Engel *Jophiel* erkoren
Die Farbe des Tages Blau
wie der Himmel so strahlend schön
das Blau des Himmels
das du an jedem Tag kannst sehn.
Die Zahl dieses Tages ist die *4*
die sagt, brauchst du Hilfe,
ist stets ein Engel bei dir.
Jupiter ist des Tages Regent,
der Glück und Fülle dir in deinem Leben schenkt.

Wahre Schönheit
jeden Tag

Ein neuer Tag erwacht!

Ich seh zum Fenster raus im Morgengrau
ich seh die Wiese, das Gras,
an dessen Halmen schimmert der Morgentau

Ich seh durch das Fenster,
wie die Sonne sich langsam bahnt ihren Weg
Die Sonne, die jetzt noch weit unten
hinter des Morgen grauen Wolken steht

Ich sehe zum Fenster raus,
sehe den Tag erwachen
wie die Kinder über die Wiese zur Schule laufen,
dabei lustig sind und lachen

Ich sehe zum Fenster raus,
und freu mich auf diesen neuen Tag
und was er mir wohl bringen mag

Ein Strahlen im Gesicht
wie die Sonne so hell und schön
ein Funkeln in den Augen,
wie das Glitzern des Morgentau
das wäre doch schön
ein helles Lachen, wie das der Kinder
das ich eben hörte,
und daß kein trüber Gedanke dieses Lachen störte

Ich sehe zum Fenster raus,
und freu mich auf den neuen Tag
und auf das, was er mir bringen mag

Freitag

Lichtwesen der Venussphäre

Erzengel Chamuel

Chamuel verleiht dir im Leben
starke Anziehungskraft
damit du so manches auf deinem Weg
einfacher schaffst
Er verleiht dir auch die nötige Schönheit
und Sanftmut
die jedem Mensch in deinem Umfeld gut tut
Chamuel läßt dich durch die Liebe
viele Menschen an dich binden
und läßt dich dadurch deinen
inneren Frieden finden
Er hilft dir deine Berufung zu leben
und in deinem Beruf alles zu geben
Verstand und Herz in Einklang zu bringen
du dich somit freuen kannst
an des Lebens schönen Dingen

An einem *Freitag* wurdest du geboren
zu deinem Schutze wurde der
Engel *Chamuel* erkoren.
Die Farbe dieses Tages soll ein zartes Rosa sein
damit die Liebe zieht auch in dein Herz hinein.
Für diesen Tag verblieben
ist die Zahl mit Namen *7*.
Die Zahl besagt, daß du Liebe immer kannst schenken
mit deiner Sanftmut befähigt bist
die Menschen in deinem Leben zu lenken.
Venus ist des Tages Regent
die immer ein Lächeln in Liebe dir schenkt.

Von Mensch zu Mensch
von Herz zu Herz

Die Menschen

Die Menschen
sollten sich wieder mehr die Hände reichen
nicht urteilen über den anderen,
nicht immer wieder vergleichen

Die Menschen
sollten wieder mehr miteinander reden
kein stummes Nicken,
als könnte man sich mit einem Wort
zuviel vergeben.

Die Menschen
sollten sich auch wieder in die Arme nehmen
denn Zärtlichkeit und Nähe ist wichtig
für jedermanns Leben

Die Menschen
sollten auch wieder lernen Danke zu sagen
anzunehmen, sich zu freuen, ohne zu fragen
nur schlicht und einfach ein Danke sagen

Die Menschen
sollten auch wieder mehr auf die Kinderseelen achten
weil Kinder die Erwachsenen als Vorbild betrachten
sollte man dies stets beachten

Die Menschen
sollten auch immer gut zu ihren Tieren sein
denn wenn das Tier dann nicht mehr da
fühlt sich der Mensch oft allein

Die Menschen
sollten sich auch stets mit Respekt begegnen
denn Paragraph 1 in diesem Land besagt
achte die Würde eines Jeden

So könnte ich noch vieles schreiben
wenn die Menschen nur wollten
schreiben von dem, was sie tun sollten

All das was ich hier geschrieben,
bedeutet nichts anderes als…
Ein Mensch den anderen soll achten und lieben
Dann kann jeder Mensch inneren
Reichtum und Frieden erfahren
in all seinen Lebensjahren

Samstag

Lichtwesen der Saturnsphäre

Erzengel Zadkiel

Zadkiel hilft dir die Mysterien zu verstehn
und somit klaren Blickes durchs Leben zu gehn
Er fördert deine Hellhörigkeit,
spüre in dich, nimm dir dafür die Zeit
du wirst dadurch Mitgefühl für andere Menschen
spüren, lernen, sie mit viel Gefühl zu führen
Wenn du dich eingeengt fühlst und die Freiheit suchst
Zadkiel ist der, der dir das Ticket der Erlösung bucht.
Höre zu und schaue hin,
zu verstehen die Mysterien und somit die Menschen
das ist der Sinn.

An einem *Samstag* wurdest du geboren
dir zum Schutze wurde
Engel *Zadkiel* erkoren.
Die Farbe dieses Tages das ist Violett
sie zeugt von Spiritualität, die jeder gerne hätt.
Für diesen Tag steht die Zahl *3*
die besagt, daß du bist frei,
die aufgestiegenen Meister um Hilfe zu bitten
die wann immer du danach fragst
sie dir werden schicken.
Regent Saturn an diesem Tage wurde benannt
damit du erkennst und vielleicht auch schon erkannt
die tieferen Zusammenhänge zu verstehen
die dir ermöglichen leichter durch dein Leben zu gehen.

Es scheint
nicht einfach zu verstehen

Der Sinn des Lebens

Was ist der Sinn des Lebens
hab ich mich gefragt

Zu lieben für nur kurze Zeit
oder bis in die Unendlichkeit

Was ist der Sinn des Lebens
hab ich mich gefragt

Zu lernen Tag für Tag
zu geben von Herzen
zu erdulden auch Schmerzen

Was ist der Sinn des Lebens
hab ich mich gefragt

Kinder zu gebären
und nach dem was man nicht hat
sich zu verzehren

Was ist der Sinn des Lebens
hab ich mich gefragt

Daß die einen haben im Überfluß
ein anderer dafür hungern muß

Was ist der Sinn des Lebens
hab ich mich gefragt

Daß wir leben um zu sterben
oft im Leben stehen
vor einem großem Haufen Scherben

Was ist der Sinn des Lebens
hab ich mich gefragt

Ich bin bis heute nicht dahinter gekommen
hab aber schon viel vom Sinn des Lebens
mitbekommen
Werde weiter nach ihm suchen
und jede Erfahrung die ich mache
mit einem *Aha!*
nach dem Sinn des Lebens zu verbuchen.

Sonntag

Lichtwesen der Sonnensphäre

Erzengel Michael wird dir helfen
Täuschungen zu sehen,
um die reine Wahrheit zu verstehen
Er wacht über dich, deine Lieben
und dein Heim, mit ihm,
geschützt ihr werdet sein
Erzengel Michael sagt,
setze deine Wünsche um in die Tat
Egal wieviel Mut und Kraft
sie umzusetzen du brauchst
ist er für dich da,
auch wenn du nur ganz leise
seinen Namen hauchst
wird er in deiner Nähe sein
und du wirst fühlen, du bist nicht allein!

An einem *Sonntag* wurdest du geboren,
dir zum Schutze der
Engel *Michael* wurde erkoren.
Die Farbe dieses Tages ist leuchtendes Gold
Gold, das jeder für sich gerne wollt.
Die Zahl des Tages ist die *6*
und besagt, daß Materielles in deinem Leben
stets wächst.
Des Tages Regent ist die Sonne die scheint
und dich in deinem Leben
mit deinem höheren Selbst vereint.

Die Sonne scheint
an jedem Tag

Gestern

Gestern wollte ich noch weinen
Gestern sah ich die Sonne nicht scheinen

Gestern war die Welt noch dunkel
Gestern sah ich die Sterne nicht funkeln

Gestern war noch Trauer in meinem Herzen
Gestern konnte auch nicht erhellen
der Lichterschein der Kerzen

Gestern war die Welt noch eisig und kalt
Gestern fühlte ich mich verloren
wie in einem dunklen Wald.

Gestern konnte mich nichts zum lachen bringen
Gestern konnte mir nichts ein lächeln abringen

Gestern ist heute vorbei
Gestern Trauer und Kummer, heute einerlei

Heute hab ich einen schönen Tag
an den ich Morgen, was Gestern
dann wieder gerne denken mag

Neue Wege

Ein Engel des Nachts zu mir kam,
ganz zärtlich, als wär ich ein Kind,
nahm er mich in den Arm.

Er sprach zu mir:
„Du Menschenkind, mit all deinem
Schmerz und Leid,
es ist an der Zeit dir zu sagen wie
wichtig du bist, daß du nie vergißt
das Schöne im Leben zu sehen,
ab heute neue Wege zu gehen.
Der Liebe und dem Glück entgegen
sei sicher, ich begleite dich auf all
deinen Wegen."

Der Engel, der nachts zu mir kam,
mich zärtlich genommen hat in
seinen Arm
und hat gesprochen zu mir,
hat geöffnet eine neue Tür.

Nachwort

Liebe Leser, ich hoffe Sie hatten Freude beim
Lesen der Gedichte.

Wenn Sie Interesse an weiteren Gedichten
von mir haben, möchte ich Ihnen mein Buch
„Zeit der Nachdenklichkeit", erschienen im
Nove Verlag, empfehlen.

Ich möchte mich bei der geistigen Welt bedanken,
daß meine beiden Bücher der Öffentlichkeit
zugänglich gemacht worden sind.

Auch möchte ich mich bei allen Menschen, die
meine Gedichte lesen, und die mich täglich
in meiner Funktion als Lebensberater konsultieren,
von ganzem Herzen für das entgegengebrachte
Vertrauen bedanken.

Besonders danke ich an dieser Stelle meinem allerbesten
Freund, der mir unermüdlich bei den Korrekturen meiner
Gedichte hilft und mir immer mit seinem Rat zur Seite steht,

meinem Bruder, der mir die Bilder mit den Engeln
zur Verfügung gestellt hat,

und bei all den Menschen, die mich inspirieren zu immer
neuen Gedichten, welche immer neu aus den verschiedensten
Lebenssituationen entstehen.

Herzlichst,

Ihre Anna Waffenschmidt

Ende

Impressum:

© 2009 Anna Waffenschmidt
Herstellung und Verlag: Books on Demand GmbH, Norderstedt
ISBN: 9783837087963